달이 따라오더니
내 등을 두드리곤 했다

문학들 시인선 005

박현우 시집

달이 따라오더니
내 등을 두드리곤 했다

문학들

너무 멀리 돌아왔구나

그대 삶과 넋두리가 마주한
순간의 전율들
천지를 떠돌던 사고의 틈을
다듬어 헹구던 눈물, 나는 보았다

3대를 잇는 만남과 이별을
정이라 묻어 두고
빈 밥그릇이나 채우던 나의 독백은
아직도 어두운 밤일 뿐이다

하여 가슴 속 응어리들 꽃 피우려 하나니
어느 늦은 가을 귀갓길에
흔들리며 먹이를 찾는
어둔 그림자 있거늘
부끄럽게 펜을 든 내 자화상이라 해도 좋겠다
이제라도 나는 바스락거리고 싶다

2020년 빛고을에서
박현우

차례

제2부

제3부

제4부

제1부

사랑의 넓이

애초에 강은 한 방울 눈물이었으리
소리 없이 흘린 기다림 끝에서
젖 물려 키운 것들 무성히 꽃 피울 적
더 큰 슬픔도 오는 것이라서
저리 넓게 흐르는 것인가
강 너울이 주던 공허, 안개로 피워
감춘다고 어디 큰 사랑 잊히더냐만
한 걸음 뒤에서 바라보라
모진 시류 따라 흔들리는 마음까지
저 강바닥 깊이 묻어 두고
철썩철썩 한 삭히는 어미의 몸부림과
샛강에 고인 쓰디쓴 아픔까지 품은
저 무욕의 폭을 누가 헤아릴 수 있느냐

누수

쌓인 근심은 벽을 뚫어 악기가 된다
참으로 불편한 타악打樂이다
내 안에 삼월의 시냇물 울리는
옹달샘이 흐르나 보다
가슴을 적시지 못한 가락은 고통이다
세상 밖을 서성이는 낯선 습성이다

달이 따라오더니 내 등을 두드리곤 했다

철선에 기대어
물보라 이는 진도 벽파항
등지던 날
새 운동화 끈을 조일 때
아득히 멀어졌다 고향은

해일처럼 밀려오던
눈물조각들을 훔치며
바닷새 울음을 흉내 냈다
가슴 속 노래도
요동을 쳤다

선술집 창가에서
멀리 바라본 하늘가
둥근달이 따라오더니
내 등을 두드리곤 했다

원포리 메꽃

뼈 부스러기를 들고
저만치 선산이 내려다보는
원포리 선착장에 다녀온 후
이른 아침 부은 눈으로
더 초라해진 나를 봅니다
고개를 들어
새벽별 가까이서 피어날
연보라 꽃망울이 떠오릅니다
매지구름 자욱한 선창가에 서니
내가 뿌린 재 몇 줌
서럽게 되살아오는 물결
피멍 든 꽃이 고갤 듭니다
지금쯤 먼바다로 떠났을
희미한 두 얼굴도 피어납니다

장성호 수변길

물살처럼 오고 간 낯익은 길가에
둥실한 그리움 하나

겨울 가뭄이런가
눈발마저 외면한 장성호 수변길
장의차 한 대
이승의 그림자 지우고 갔지

오늘따라 물색 좋은
물보라 일고
아직 캐지 못한 가을걷이 밭둑
장승처럼 서성이는 입암산 기슭

호미 잃은 아낙
그림자도 없이 차갑게 운다

내 가을은 눈물 빛이다

가을을 타는지 입맛이 없어
늦은 점심으로 팥죽집 갔다
각색의 가을 잎들이
각양의 미각을 오물거릴 때

기억 저편에서 찾아든 아궁이엔
거친 손으로 비벼 낸 새알들이
걸쭉한 팥물에 가슴 적시며
허기진 입술들을 애태우고 있었다

노모께 팥죽을 떠먹이는
백발의 아들을
시샘이나 하는 듯 노란 은행잎이
창밖에 뒹굴고

곁눈질로 마주한 노인의
검붉은 손등을
외면으로 거두는
내 가을은 눈물 빛이다

모두들 단풍보다 진한
그리움의 맛을 새기고 있었지만
뜨거운 편린들 목 넘김 할 수 없어
들었던 숟가락을 놓고 말았다

검정 고무신

고향 집 토방에는 몇 날 며칠이고 흰색과 검정 고무신
두 켤레가 나란히 놓여 있었네

혼자인 노모 곁에서 집 보는 일이 일상이 되어
비 오면 비에 눈 오면 눈 보듬고

한 치의 흐트러짐 없이 내 기억을 지키고 있었지
명절이었을 거야 도회지 고달픔 한 짐 지고 찾아드니

흰 고무신 뵈질 않아 묻기도 그렇고 선반 위 보았더니
비닐봉지 속에 담겨 다 삭아 꼬부라져 있더라고

아이고 엄니, 무슨 신줏단지라고
저걸

네가 대학 다닐 적에 신은 것이라
너 떠나고 하도 적적해서 생각코 댓돌 위에 놔뒀더니

저것도 시상 가는 줄 알고 저리 팍 삭아 부렀어야 그래도

꺼만 놈은 괜찮은께 신어라

빈집 지키다 몇 번 오는 날 위해 그냥 품어 주다 마냥
기다려 준 고무신 보다 말고 괜시리 먼 산만 바라보았다

멀수록 더 가까이서 눈시울 붉히는
차갑게 울렁거리는 멀어진 사랑

갈치에 대하여

멀어지는 것들의 외설을 되새기며
몇 순배가 돌고 나면 은빛 반짝이던 술잔 곁
슬며시 간을 보는 것들 있지

굵은 소금이라도 뿌릴라치면 그을린
몸 틀며 타닥타닥 연기 피우는
숨통 끊긴 것들 안주 삼아 서로의 비말을
송두리째 안고 나누는 술판 기쁘다 치자

생존을 위해 낚싯댈 던지는 너와
빈 대 미끼에 힘없이 끌려 나온 나의 연줄은
한 도막 먹갈치를 생색내는 배짱이 아니듯
배를 가르고 큼지막한 내장을 도려내는
너도 큰 물속의 희망인 것을
그런다고 바다를 안다고는 말하지 마라

먹갈치나 은갈치나 맛의 크기는 입과
내가 뱉은 요설, 두 귀의 외람된 청력이거니
부딪힌 술잔만큼이나 뜨거워진 가슴으로

온갖 양념 버무려진 토막 난 의식보다
등가시를 바르고도 남은 살점을 지탱한
큰 가시의 중심에 머무는 맛을 말하자

입에 맞는 삶이 어디 있으랴
뼈대 하나 남기며 바라는 속살 음미하는 일
그렇게 드세게 섞여 사는 게지

귀에 익은 노래

익숙한 가락은 몸이 먼저 움직이지
마음에 새긴 상처랄지
가슴 울리는 것들
강은 흘러도 소리를 듣지 못하고
산은 흔들려도 움직임을 모르듯
낯익은 그대 사랑이 발버둥이요
낯선 그대 발버둥 침이 사랑인 세상
울리던 함성이 장단이 되어
은행잎도 넘실남실 춤추지 않았더냐
쫓기던 골목마다 되살아오던
몸짓도 언어도 기막힌 노래가 되어
피멍 든 가슴으로 일어서던 금남로
떼창으로 버티던 귀에 익은 노래

맹감나무에 찔렸다

어느 틈에 배워 버린 익숙한 헤어짐
허겁지겁 앞만 보고 달려오다 보니
그 느낌마저도 짓밟고 살았다

스치듯 빠져나간 인연들 중
눈에 밟히는 길냥이 외도가 새삼 남아
아내와 걷는 단풍 숲은 그의 흔적이다

누군가를 찾아 낙엽을 밟는다는 것
고단한 허무의 풍경이지만

캬, 저만치 소나무 밑에 쪼그려 앉아
그윽한 눈길을 주는 기막힌 조우는
숲이 품어 낸 절경이었다

그날 난 가장 예쁜 맹감을 따다
순정이란 큰 가시에 찔리고 말았다

시인 이상의 봄

서둘러 문을 닫은 겨울을 보내고도
뒤란 개나리 화려한 외출은 용서가 안 된다

눈만 빼곡히 내놓고 너를 보는 우리의 시선이
따갑도록 서글픈 까닭은 해경 씨가 공복에
마신 해장술 같은 얼큰함에 익숙지 못한 까닭

밥줄은 이미 끊긴 듯하여 독수공방 상사로되
결빙이 시작되던 빙하기에 꼭꼭 숨었던 설치류
몇 놈이 해빙기 틈타 역전을 노리며 박쥐처럼
거꾸로 문명을 동굴 속에 가두려 드는 것이다

날마다 커져 가는 오감도와 권태로 밀려드는
나른한 봄기운에 시큼한 매화가 옷을 벗고 목련도
잎 하나 가리지 않은 맨살로 육감을 자랑하지만
이상케도 절제된 본능처럼 꿈쩍도 않는 지구촌

앓아 누운 자와 죽은 자들의 수치들만 뉴스가 되어
창 하나를 사이에 두고 장단을 두드리고 있다

26

모두가 박제가 된 긴 터널을 꽃바람만 뒹구는
가역반응으로 보내는 이상한 봄이 용서가 된다

나는 바스락거리고 싶다

바람 앞에 무엇도 가끔은 흔들리지만
털어 날리지 않는 것도 조금은 있다

시인의 귓등에 울리는
무서운 어지러움이 노래가 되듯

흔들리는 부정도 안고 사는 것
감흥 없는 법전法典을 들먹이며

들쑤시는 칼날 앞에 나는 서 있다
모두가 외줄 타듯 절벽 오르지만

어쩌랴
우리 가장 낮게 사는 법을 알기에

바람 따라 흔들리다 바람이 되어도
이 땅 어딘가에 움틀 날 있으리니

탈탈 털려 마지막 의식 흐려질 때까지

보듬고 살아 보자

아직 더 털리고 싶은 욕망 남았거니
그럴수록 나는 바스락거리고 싶다

쑥을 말리며

아내의 가슴속엔 쑥이 크나 보다

쑥쑥 캐 온 쑥 향에 취해
온 방 가득 쑥을 말린다

쑥 향 따라 다가오는 그리움들이
고실고실 마를 때까지

뒤집고 뒤집는 따스한 손길마다
아내의 사랑은 향수가 된다

쑥 개떡에 웃음살 짓던 시절
싸그리 다가와 콧등이 시큰하고

더한 아픔들 더러는 쑥물도 들어
찰진 간난을 입맛질 할 거다

센 머릿결 닮은 너를 그윽이 바라보는
아내의 마음속엔 쑥이 사나 보다

초승달

밤새 보았네 보며 밤을 지켰네
별빛 스러져 어두워 못 보고
보다 보니 야윈 설움만 복받쳐
보이지 않으니 어두워서 좋았네
조용히 삶의 흔적 지워 가는 일
먼 수평선 너머로 둥실한 얼굴 하나
그윽이 퍼 올리는 일
그렇게 아슬아슬 살아 보는 일

홍시

살다 남긴 흔적이야
어디 없으랴

숱한 비바람에 지고
또 지다 남아
하늘빛 담은 마음이 익어
저리 발그레한 볼을 보아라
삭아 가는 가지 끝에
위태로이 앉아
눈서리 가슴 깊게 튼실한
씨알 챙긴
아내처럼 결 고운 얼굴이여

살다 남은 흔적이야
어딘들 없으랴

제2부

서비스 센터

간밤에 뱉어 낸 근본 없는
말 조가리들
한낮이 되도록 맞춰지질 않더니
속은 쓰리고 머릿골만 팬다
낡은 기억 버리지 못함은
이미 내가 단종되었기 때문일까

수산물 시장

그저 물이 좋았다
부서져 찰싹대는 고독도 좋았다

돌아갈 수 없는 길 걷다 보니
큰 강도 그리 흐르려니 했지
이리저리 떠돌다 어쩌면 만나는
기막힌 어울림들
바다에 닿아서야 알았지만

그 넓은 가슴팍에 숨줄 묶어 두고
고향은 늘 고깃배를 띄웠어
희망의 그물 실은 돛단배 따라
밀물처럼 다가오던 가난한 노을과
썰물 따라 떠나간 웃음기 잃은 얼굴들

무심히 보내 버린 시간들 앞에는
물살 거슬러 무리 짓던 것들이
청정한 은빛 너울 날갯짓하는데
잊힌 이름이며 만선의 깃발들은

수평선 어디쯤에 머물고 있을까

하나 된 바다가 좋았지
외로이 날던 바닷새도 좋아서
짠내 질척한 수산동 서성대면
기억 속 유영하던 쓰린 그리움들
눈시울 뜨겁게 마주할 줄 알았제
강물처럼 바다로 가면 말이야

목화밭

목화가 연붉은 입술 내밀 적
김매던 울 어매 손도 풀려
멀리 꾀꼬리도 서럽게 울던 날
빈 둥지 깃털 하나 없는 꽃은 피었네

구월의 바다는 더 맑게 일렁였지만
홀로 남아 날개를 퍼덕이던
작은 움직임도 생명이어서
눈치껏 세월 따라 지켜 낸 자리
산통처럼 남은 흔적이 꿈이 되어
한 삶의 긴 여정이 되었다

탯줄 묻은 대숲에 바람만 거세
날아든 멧새들 뒤척이던 밤이면
무명 밭에 떨군 가난의 씨앗들
잡초보다 무성히 아우성쳤지만
매 순간 뜬구름으로 사라지곤 했다

어거지로 남아 버티던 몸부림들

어미 새 입질에 몸집은 키웠지만
버얼건 낙조처럼
어두운 파도 속을 너울거렸다
밀려가고 밀려드는 숱한 이야기
기웃거린 숲은 고요한데
된서리에 숨죽이던 그대의 행복

돌아볼 것도 없이 걸어온 길 위에
가장 가볍게 날리는 울음들을 보며
목화밭 위에 새집을 짓던
나와 그리고 골 깊은 엄니의 주름살

염전 옆에 앉아

이름 모를 신안 방파제에 앉았다
오랜 번민들 더러는 앙금 져 쌓이고
못다 한 정이나 있는 듯
뭍으로 뱉어 내는 그대들 밀어
도통 알 수는 없어도
해무에 갇힌
먼 섬의 고독은 알 만도 하다
아, 어둠이 품은 큰 가슴 새기며
불빛도 아득히 점멸하는 시심을 바라
홀짝홀짝 마시는 술잔 속으로
가냘픈 월광의 속눈썹 들어앉아
철푸덕 철컥 시의 베를 짜는 듯
육합에서 몰아오는 매운 해풍의 넋이
저리 고운 손 맞잡아 너울춤을 추는
누억 년 묻어 둔 고뇌의 결정들
소금처럼 변치 않을 시가 될 수 있을까
하얀 포말들 정갈하게 가라앉은
염전 옆에 앉아
짭짤한 바다가 읊는 노랠 듣는다

늦매미

불빛 따라왔으리 고수鼓手도 없이
긴 기다림의 목청 시원케 뽑는 일
옮겨붙을 자리도 장단도 없어
그냥 푸념처럼 쉰 목이나 풀다
빈 몸으로 맞는 말복 즈음

고추잠자리

하얗게 목화송이 속살 내밀던 날
밭고랑 열무 뽑던 울 엄니
땀 한 번 훔치다 말고
이불이라도 한 채
지어 보내야 쓰것는디
촉촉한 눈가 가을빛이 물들어
뭍으로 간 큰누이
뱃고동 소리로 다가오면
목화송이 반쯤 담은 삼태기 안에
근심만 가득 차더니
미영밭 여기저기 고추잠자리
앉을 듯 말 듯 내 마음도 타서
괜시리 돌려 보는 손가락 따라
석양마저 어지러운지
산등으로 떨어지고
속절없이 어두워 오는 서녘 하늘엔
수많은 잠자리 떼
이불 수나 놓는 듯
울 엄니 마음 같은 솜털구름이

이불 두어 채 짓고 있었지

젓가락 단상

고정된 밥상머리 정갈히 놓인
숟가락과 젓가락 사이엔
긴장만 흐르던 풍경이 있었다

철 지난 눈발이 봄을 일으키듯
어린 뱃속에 웅크린 욕망은
쉬 가시질 않는 눈치로 다가와
체질처럼 낯설었던 더딘 손놀림

침묵으로 퍼 올리던 밥알들이
체면을 비웃듯 입안에 뒹굴고
묵은내 짙던 무 한쪽 베 물기 위해
두 동공은 어찌나 흔들렸던지

제대로 한 번 들지 못한 고개만큼
가지런히 끝내 자릴 지키던 녀석
저 산간 몇 방울 눈물 그치면
더 짜게 바다도 낮아지듯이

홀로는 설 수 없는 시절도 지나
아린 기억 남겨 둔 밥상머리
보이지 않아 서러운 그리움까지
당당하게 퍼 날리는 은빛 젓가락

오일시 장날

기워 입은 바지에 고무신도 헐겁던
대목 무렵, 곱게 싼 달걀 두어 줄
풋콩 두어 됫박 머리에 이고

오일장 보러 가는 신작로 가엔
먼지를 뒤집어쓴 우릴 닮은 풀꽃들이
장꾼의 발동무로 함께했지

푸짐한 햇살 속에 잘 여문
풀씨들을 훑으며
파장을 기다리는 누렇게 뜬 얼굴들

소달구지 지나고 먼 발걸음 소리
가슴은 벅차 비릿한 생선이며 묵직한
비닐봉지에 감춰진 엄니들 소쿠리까지

동구 밖은 늘 설렘이었어
그때 나를 지켜 준 색 바랜 풀꽃이거나
허물 벗고 싶던 야윈 꿈이거나

모두들 떠난 황량한 길 위에 서면
기다림보다 허전한 시간의 끝자락이
자꾸만 보름달처럼 커져만 온다

길냥이 출석부

달빛은 어두운 귀가 길동무지만
길냥이들 훌륭한 고샅길 등불이다
무거운 어둠을 끌고 골목길 들어서면

허튼 이내 일상 꿰뚫어 보듯
문득문득 다가서기 몇 날인지 모르나
손손孫孫이 찾아오는 녀석들 모습에
반가움의 이름표를 붙여 줬다

꽃이 피면 꽃 향에 취한 얼굴로
열대야 깊은 밤 헐떡이는 가슴으로
조심스레 다가와 눈치로 살아 내는 일
그저 바람도 없이 떠돌다 오는 일

구속처럼 쏟아지는 흰 눈의 아우성이
점점이 찍힌 발자국마냥 시린 세상
그처럼 부대끼며 살아온 넌 어떤지 물으며

내 손에 남은 양식을 먹을 만큼만 누리다

긴 기지개 펴고 갈 줄 아는 한 생의 방황이
쓰린 밤을 소환하는 옛 기억처럼

지나온 행적을 엿보는 녀석들 출석을
취기醉氣라도 불러야 할 이유다
냉혹한 시절 우리도 가끔 결석을 했다

밥

푸지게 이팝꽃들 흐드러지는데
그 애들이 안 와도 밥그릇은 빈다
누군가 밤 나들이 허기를 채웠으리

나를 감고 오르는 오이 줄기에
겉잎은 늘고 노오란 꽃잎이 피고
오르는 법밖에 모르는 세상을 보며
겉잎을 솎아 내는 우린 외롭다

촉수마저 시들어 가여운
절망이 밥이 되는 잡초들을 보아라
외 순을 자르는 아픔 속에 오이가 크듯
자르지 못한 욕망은 덧없을 뿐이다

우리들 그리움 속에 남은 추억이
온밤을 떠돌다 허기진 배를 움켜쥘 때
솔직한 삶, 한 그릇 밥을 위해
어둠을 하악질하는 냥이가 좋았다

금당산 산책길

동지 가까운 금당산 산책길
내 취한 귀가를 반기듯 따라온다

올 집 앞을 몇 번쯤 왔음 직한
틀림없이 날 기다린 게다

불행보다 어둔 성좌들만 숨 쉬는
삭막한 도시

세상은 온통 흑백으로 타오르고
혼돈의 눈보라 속 모두가 외로운데

무어 그리 기댈 연민이 남아 숨죽여
체크하듯 미행하는 것인지

가로등도 떨고 있는 냉벽에 기대어
또 다른 세상 빛이 되길 바라며
언 마음 내밀어 먹이를 나눴다

무심천에서

산 고개 넘어가는 노을 하나 미끼 삼아
무심천에 무심히 낚싯대 던져두니

한낮을 빠져나온 소슬바람에
떼 지어 가던 하운夏雲이 찌를 건드려

월척인가 챔질하니 산영山影이 웃는구나

에라이, 낯짝만큼 물빛도 벌겋다
태공이 놓쳐 버린 달이나 낚자 하니

무심천 무심하여 찌도 졸고 나도 졸고
조락에 담긴 것은 풍진 허욕뿐이로다

누구도 낙엽을 쓸지 않았다

고갱이 그려 낸 타이티섬 아낙네
원색의 갈등 눈요기하다가
나뒹구는 은행잎 색 바랜 채색이
참으로 값진 흔적임을 알았다

책갈피 속에 간직했던 순수나
바삭하게 흩날리던 저항이랄까
추억까지 색색으로 물들던 날들이
기억으로 인화되는 낯익은 풍경들

더는 탈 수가 없어 몸부림치던
고흐란 사내의 어둑한 붓질처럼
한 생이 남긴 고독한 절망과
회색빛 질곡을 밟을 뿐이다

누구도 쓸지 않는 외길을 걸으며
쓸어도 싫지 않게 눈에 밟히는
강렬했던 그대들 반추일 것이어서
저리 속 태우며 떠도는 것인가

둑방에 앉아

저물녘 둑방에 앉아 낚시를 한다
시진한 단풍들 물살 따라 떠가고
물빛은 더 맑아 쓸쓸하구나

지독한 고독을 꼬드겨 내는 일
가끔은 헛챔질도 하면서
되도록 밑밥은 많이 풀어라

누구는 욕심으로 죽음을 노리고
누군가는 고픈 배를 움켜쥐고 오리니

한 길 물속도 모르는 나에게
한두 번의 물질로 행복을 유영하는
철새들 불편한 정의 눈여겨보며

는개마저 곱게 저무는 강변
가장 싱싱한 떡밥을 던지고
흔들리지 않는 찌를 보지 말라

뒤틀린 고독까지 넉넉히 품어 주는 강
뿌옇게 피어오른 물안개 걷어 내고
어둠 거슬러 오는 은빛 여울을 보라

시詩

단풍 숲에 몸 낮춘 술 취한 구름이
울컥한 갈바람 따라 사라지면
꽉 막힌 원고지 여백 사이
격한 서정이 회오리치곤 했지

나름의 이름으로 명패를 달고
가슴으로 내민다는 언어들의 생존
견고한 위장술은 낮달처럼 흐려
사유도 때로는 가슴앓이라

사랑 속에 행여 사랑이 없어
존재의 껍질 속에서 자라는 고심들
몇 조각 퍼즐로 짜 올린 수틀을 놓고
바늘보다 날카롭게 찔러 대는 아픈 넋두릴

이 밤 내내 컥컥 토해 내야 하는 건지
명성만큼 회자된 숨은 진실도
새벽이면 제 색깔 잃을 수도 있는 법
시가 뭐가니 뭐가니 앓고 있나

제3부

꽃 지니 알겠다

함성과 침묵 사이 피던 꽃들
오월 가니 툭툭 진다

숨죽여 사는 것들 눈에 밟혀
가슴에 모아 둔 아픈 씨앗 꺼내
아나키스트를 꿈꾸는 밤이면

상처를 보듬은 맨살이
푸서리 길 헤치며 살아오듯

울울해진 숲 가장자리에 앉아
홀딱 벗고 홀로 우는 새 울음 알겠다

거미줄

한 녀석이 하강을 하네
생존의 영역
선 그으며
가장 무서운 집을 짓네

촛불을 들었네
땅거미도 함성이 되어
잘 짜인 그물망을
흔들어 보지만

잃어 본 자는 알지
하강의 속도
허공에 매단 삶의 무게 딛고
목 조여 오는 공황 같은 공포를

더 붉게 타오르는 황혼 마주하며
어둠에 맡긴 시련도 삶이라서
칭칭 감긴 나를 풀어내는 일
그리 저항하는 일

아득한 잿빛 산마루에
아직 꺼지지 않은 불씨가 남아
그물을 흔드네
옷소매 적시며 집을 허무네

봄빛 음계
− 오월 광주

그대 그리움이 외로이 물들면
가슴마다 피워 낸 꽃들도 집니다

오색선 위에 수놓은 숱한 이별이
시가 되고 때론 노래가 되어

도도한 강물처럼 깊고 맑게
아린 오월을 적셨으면 합니다

침울한 오월의 마지막 물듦과
낙목落木이 남긴 푸름의 여운들까지

찬 서리에 젖을까 두려워
한 움큼 햇살이라도 채워야 합니다

당신들이 써 내려간 봄빛 음계音階들이
가장 큰 울림으로 하나가 되는

지친 삶 누름돌이 되었으면 합니다

처방전도 없는

목에서 쇳소리가 나더니
색 고운 꽃다발도
설원雪原처럼 시리다

핏기 잃은 생명들 땅으로 돌아가듯
처방전도 없는 낙엽들은
먼 길을 떠났지만

사랑의 뿌리는 깊은 법이라서
들창을 서성이는
서슬 퍼런 달빛 받아

근본 없이 흔들어 대는
초법적인 covid-19에
불타는 민심을 처방했다

물염정

무등산 숲 굴 지나
굽등 같은 산허릴 넘었다
근사한 무등無等의 무대 위에
저마다 한 대사 울궈 내는 처서 무렵
벼는 벼대로 황운黃雲의 시를 읊고
학 한 마리 참선 중이다
띳집에 날아든 배롱꽃 독백으로
기립起立한 청풍淸風
푹 눌러쓴 삿갓도 외롬인데
얕아진 강심江心따라
뜬구름 쉬어 가던 단애斷崖를 붙잡고
운향雲香이나 휘젓는 대숲에서
물들지 말라 새들이 우짖는다

거울을 닦다가

뿌연 눈 비비며 거울을 본다
밤새 내 안을 채우던 생채기들
부스스 일어나 신기루처럼 먼데
나를 보는 너는 내가 아니다
지울수록 선명한 너의 맑은 눈
더 흐려진 내가 너를 닦는다
언제나 그 자리에서
식상한 일탈까지 찬찬히 뚫어 보는
그래서 더 어두워지는 나
닦을수록 너와 나는 외로워질 뿐이다
더는 맑아질 수 없는
맑을수록 슬픈 자화상이다

꽃비

흐드러진 자운영 꽃등을 흔들며
눈물도 말라 버린 밤
청청하늘도 목이 멥니다

뼈저린 세월은 지워지지 않아
외롬에 적셔 가는 그리움의 무게
저리 세차게 쏟아지는데

가슴으로 키운 오월의 꽃밭에는
쓰러진 풀 더미들 뾰족뾰족 일어서서
몇 다발 꽃묶음으로 다가옵니다

들불처럼 타오르던 그대들 함성과
엉겅퀴 꽃술 같던 끈적한 최루가스

눈가를 적시는 흐려진 기억들
그 중심까지 흔들리기 전에
촘촘한 어둠들 걷어 내야 하기에

온 산하 우짖는 오월의 비와
짓밟힌 꽃잎 사이에 끼어 앉아
뿌리까지 발끈할 꽃비를 맞습니다

찍지 못한 풍경 하나

가위눌린 잠 깬 의식이 불을 밝힌다
흔들리는 어둔 창가에 새를 안은 아이가
푸른 벽에 기대어 우울을 벗고 있다

스무 살쯤 피카소 폐부를 훑고 간 그늘이
거역 한 번 없이 들어앉아 번득이는 천장 구석
커다란 집거미가 꾸민 철창이 미로처럼 얽혀

나는 나를 가둘 궁리를 할 거라 믿고 있다

누군가를 기다리다 댑바람에 잃었던
내 푸른 청춘 찾아가던 길목마다
끈적한 덫들이 그물망처럼 목 조여 왔던 것처럼

살상의 분노도 눈감던 시절이지만
아무리 되보아도 꼭 비둘기만 같아 보인

새를 끌어안은 우울한 그림을 이해하기 위해
모둠 술을 깡다구로 해치곤 했지만

어두울수록 더 환하게 다가오는 악몽을 지울

아직도 찍지 못한 풍경 하나 너무 그립다
어쩌면 불면을 깨워 줄 비둘기들 아침 일찍
푸른 벽에 기대어 자유를 우짖는 소리 듣고프다

막잔

 – 남광주역 지나며

대학병원 장례식장 나서던 길
친구의 단골집 찾아갔더니
뜬구름 잡고 싶던 젊음도 살아나
어둔 시대 보듬어 온 주인장도
비운 잔 수만큼 주름살 깊었구나

워매, 워매,
징한 놈의 시상 잘 버텨 왔노라며
썩썩 썰어 낸 손맛은 그대론데
왜, 조각난 그리움은
시뻘건 핏빛으로 달아만 오는지

이쯤이면 떨이라고 거친 손 호호 불다
끝나지 않은 울분까지 보듬어 주던
막손을 기다리던 남광주역 아짐들
차갑던 보따리만큼 멀어진 아련함이
기적 소리 한 번 울리지 않아서

막잔을 들다 말고 옮기는 발길 따라

저리 목련도 누렇게 멍이 들어
서글픈 옛사랑 지우기나 하려는 듯
떨리는 손 흔들며 돌아선 뒷모습들에
텁텁한 울분들이 쿨럭이는 것이냐

샘구멍 같은 점방

죽고 살고 쌩고생해 벌어 놓고 가
오가는 이 많아 느그들은 좋것다만
이건 아니제 아니여

그 점방이 어떤 것이라고
느그 아부지 한 맺힌 손때 묻어
일가친척 일켜 세운

샘구멍 같은 큰 뿌렁구 아니냐
명절이라고 오가는 것들이
죄다 일가들은 없고

이 크나큰 집구석 꼴이 뭐시다냐
밤새 뱉어 내는 힘겨운 노모의 마른기침 속에서
숨죽인 내 가슴팍도 무너져

아야, 밖에 불이나 훤하게 켜라
이 집 올 귀신들 어두워서 힘들라
허적해라 징하게 허적해

그 양반들 오시면 얼매나 허적헐까

다 내 죄여

씨잘데기 없이 오래 산 내 죄여

어머니의 고쟁이

저녁 설거지가 끝나면 누이와 난
마당 가득 생솔을 피우곤 했다
목 매운 연기들 모기떼를 쫓아내고
멍석 위에 누워 기운 달을 바라며

꿈같은 가로등 그리노라면
어느 틈에 갈바람이 찾아와
빨랫줄에 매달린 단벌 옷가지와
한바탕 실랑이를 벌이곤 했다

바지랑대 끝자락엔 색깔도 맞지 않게
기워진 울 엄니 고쟁이가
어둠과 수줍게 내통하곤 했어도
아무리 손꼽아도 가시지 않는 보릿고개

셀 수 없는 별 따라 잠든 밤이면
엄니의 은밀한 비밀 주머니에
똘똘 말려 있을 돈의 크기를
꿈꾸듯 잣대질하곤 했다

지금도 희미한 요양 병동 등불 아래서
고쟁이 속주머니 옷핀을 채우고 있을
엄니의 기억은
늘 부질없는 두통으로 나를 맴돈다

뉴스가 시작되면

예전 울 고향에
죽심이 아짐이란 분이 있었는데요
행색은 누더기나
온 동네 친분은 특별했지요

등하교 길가엔 아롱다롱 꽃들이
제 맘대로 피었다 지는데
어쩌다 마주치면 꽃그늘에 퍼질러 앉아
꽃잎 단장을 하더란 말입니다

우리들 따라붙어 어떤 욕을 보여도
눈웃음 한번 히죽이면 그만이지만
이상히도 마을마다
꼭 들르는 집들이 있어

우리 집도 그중 하나였지요
대문 열고 들어와도 개가 짖지를 않고
샘가에 쪼그리고 앉아
내온 밥과 찬을 한참이나 먹은 후면

눈가에 야릇한 웃음기 남기면서 너덜너덜한
공책을 꺼내 알 수 없는 뭔가를 끼적이는 겁니다
어른들 말로는 사랑한다고 고맙다고
은혜 잊지 않겠다는 일기랍니다

오늘도 저녁 뉴스가 시작되면
울 집 대문 앞에 두 눈 깜박이며
기다림의 편지를 쓰고 있을 길냥이 생각에
아련한 옛이야기 올려 봅니다

그해 여름

상엿집이 있던 논으로
새참을 내가던 날이 스쳐 갑니다

대바구니에 담긴 샘물 주전자에 맺힌 물방울로
얼굴을 씻으며 논으로 가는 샛길은
벌겋게 달아오른 가마솥입니다

보릿대 모자에 기댄 가난이
웅덩이에 고인 몇 모금의 물질로
갈라진 논바닥을 적시고 있었지요

땀이라도 비 오듯 쏟아져
벼 몇 포기 건졌으면 좋겠는데
막걸리 잔 가득 아재의 한숨은 절망입니다

이놈의 짓 팽개치고 떠날까 보다
막둥아 공부 열심히 해서 어짜던지 큰사람 되어야제

시큼한 무김치 한입 우적이며

흐르는 땀 훔치던 뿌사리 같던 아재여

더운께 빨리 집으로 가거라
저 잡것 피 좀 뽑고 갈란다며
쩍쩍 갈라진 볏논으로 몸 감추던

오는 길 목말라 주전자 열어 보니
그 물도 아까워 마시지 못했는지 그대로란 말이여
어른들은 다 그런 줄만 알았제

올 때도 바구니 무겁다고
남은 물로 세수하고 집으로 돌아왔어
그해 여름 태풍과 함께 큰비가 내리던 날

물꼬 단속 나갔다가 상엿집 그늘막에서
아재는 가셨어
물 한 모금 아까워 폭염을 견디더니
그놈의 물이 원수가 되어 바람처럼 가셨어

아내와 작은애는 냉면을 먹습니다

삽질

장맛비에 무너진 담장을 보수하려
직업소개소 인부를 만났다
흰머리에 어설픈 동작까지
삽질하는 그를 보며 화도 났지만
어차피 내가 못 할 일인지라
두고 보고 있었는데
일하다 말고 받은 전화 속

새끼는 책임져야지

한동안 말없이 담배만 피우더니
새참이 없다고 말끝을 흐리면서
이런 때는 쐬주가 최고여
라며 눈물을 보이던 김씨
그가 서툴게 쌓아 놓은 담장 안에
오만 가지 잡풀들 뿌리 내리고
속 모르는 꽃들도 피었다 지지만
어디에서 서툰 삽질하며
쓴 한숨에 애간장을 녹이고 있을까

친구

물기 걷힌 염전에
더한 볕이 내리쬘 적
그 소심素心의 결정으로
이놈의 팔자에 간 맞춰 주는
기막힌 느낌표 하나

제4부

춘란

선비는 난 한 폭쯤은 쳐야 한다지
동쪽 창가에 춘란 몇 그루
고즈넉이 자리해 두곤
아침 햇살 뿌려 주며 마주하다 보니
칼칼한 자태는 제법 봐 줄 만하다만
아무리 뜯어 봐도 기품은커녕
한세상 떠받들 충절도 아닌 듯하고
소유네 집착이네 부질없는 깨달음은
어리석은 내게는 더더욱 없어
그래도 있는 정 없는 정 쥐어 주며
한사코 시름하다 보니
삭막한 돌 틈에 뿌리 가락 내려놓고
예쁜 새끼를 올리는구나
사노라면 자잘한 근심 걱정 없으랴만
몇 세대가 희생하며 한 몸처럼 사는 모습
갑자기 온몸에 전율이 돋더군

만춘 유감

지천을 흔들다
제 마음 채운 꽃들은
맑은 영혼
뿌리 깊게 남겨 두고
비바람 따라 저리 위태합니다

인고의 아픈 색들로
그럴 듯 치장하다
색깔마저 잃어
벌 나비 외면할 때
탁탁한 열매 몇 남기는 생

뒤돌아볼 여지도 없이
불쑥 찾아든 계절 앞에
노을빛 짙은 바다는
지난 세월을 패대기치곤
물장구만 쳐 댑니다

그대는 굵은 뿌리에 목대 좋은 꽃

그늘 좋은 잎사귀들 달아 보셨는지
화무십일홍이라지만
꽃 지니 아쉬움보다 부끄럼이 먼저
응얼진 가슴을 톡톡 칩니다

가을 문밖

희끗한 서릿발 딛고 새 한 마리 울고 있다

형언할 수 없는 펫장 구름 사이

그댈 헤살 놓는 어지러움만 남아

애간장도 붉게 멍든 문밖은 이별인데

까치발로 넘겨다본 외롬까지 떨어진다

만추 서정

온갖 물감을 짰네 도화지 위에
선선한 긴장 곱게 문지르다 펼쳤네

이등분된 여백의 결에
기괴한 연상처럼 강물이 흐르고

솜털구름 머문 솔수펑에
꼭 닮은 나와 내가 마주 앉아
피아彼我나 저울질하는 듯

더는 맑을 수 없는 스산한 개울가
시리도록 붉은 윤슬이 시 짓고 있었네

아내의 이순耳順

칼 서리 이겨 낸 청보리 순 틔우듯
시퍼렇게 살아온 날들 너무 무거워
피보다 더 진한 마음 자락 건네며
고개 숙여 읊조리는 아련한 가슴앓이

마음을 받다

늘 눈에 밟히던 것들도
멀어져 가슴으로 만지던 것들도
험한 시간의 굴레를 벗으니
어느덧 세상 중심에 섰더라

미로처럼 얽힌 길 풀어 준 적도 없어
아련한 그리움만 조각조각 새기다
행여 하는 기다림의 발자국 소리에
아둔한 귀는 멀어만 가고

여린 외로움 안으로 삭히며
험한 세월 채워 갈 아들아
세상이란 덫에 걸려 헉헉거리다
꽃구름 환한 하늘 쳐다보니

오늘 문득 전해 받은 흰 봉투 속에
가을보다 청량한 네 마음이 들어차
아빠의 가슴 깊게 우물물이 되는구나

견뎌 낸 시간

사백 년도 족히 넘는 보호수 아래서
더 큰 하늘 가린 그림자를 보았네
한쪽은 온통 시멘트로 메워져
보낸 세월만큼 흉물스럽지만
견뎌 낸 시간들이 잎을 달아 고왔네

얽히고설킨 살이 뿌리 깊게 감춰 두고
이 마을 희로애락
먼발치로 기억했을 한들이 맺혀
가지마다 동혈洞穴이 나고
울퉁불퉁 옹이가 졌지만

늙는다는 건 소멸이 아니라
훈장처럼 빛나는 섬김이리라

눈서리나 훈훈한 봄바람이나
흔들리는 가지 붙들고
잠시 머물다 가는 새 떼들인 것을
어지러운 일상의 일탈 한편에서

새로운 나를 되새김하며

수백여 년 전 파릇한 새싹
기어이 피워 내는 일
벗겨진 허물 다독여 안으로 삭히며
선명한 나이테로 남고 싶은 눈짓을
처연히 웃는 달빛 속에서 보았네

12월의 개나리꽃

겨울비 촉촉이 왔으면 좋겠어
눈이라도 펑펑
진눈깨비 그친 쓸쓸한 언덕
모든 게 사라져 잊혀진 지 오래

봄은 아직 저만큼인데
뿌리까지 얼어붙은 사연들은
되살아오는 건지

가느다란 햇살 향해 발돋움하는
서러운 몸짓을 보거라
노란 꿈 절절한
저 철없는 화신花信을 보거라

눈이라도 펑펑
눈이라도 펑펑
노오란 입술 포갰으면 좋겠어

겨울비 1

내 안에 든 잠 속으로 문득
침묵보다 더한 외롬이 몰려와
한 보따리 수심가를 풀어놓는다

혹한의 고독이 창을 두드리고
기다림보다 먼저 온 이별들이
후두둑 떨어지는 소리

꿈인 듯 잊힌 이름들을 부르며
싸늘한 빗줄기로
마음속 먼지들을 적시고 있다

창밖엔 얼어 버린 진실의 앙금들이
조각조각 부서져
날카로운 폭언을 쏟고 있지만

불 꺼진 고향 집 허름한 처마엔
거꾸로 매달린 언 마음들이 녹아
아득한 상처들 다독이고 있겠지

겨울비 2

무단히 창 두드리는 겨울비와
그렇게 밤새 다독였을 누군가의
희미한 자장가를 떠올리기까지

불면은 잡히지 않는 무지개 같아서
선명한 듯 사라지던 그대들 같아서
잘 자라며 뒤척일 당신 같아서

버리지 못한 미련들 상처로 곪아
일곱 색깔 언어로 되살아 꿈틀대는
아직은 그런 시가 두려울 뿐이로다

함박눈도 되지 못한 아쉬움으로
외론 창가 찾아온 연민의 노크 소릴
어둠에 묶어 보내온 허무 다발 푸니

어느 틈에 다가온 별빛 하나가
찬 손 내밀어 이불을 덮는구나

풀 죽은 눈꺼풀로 돌아눕던
시들의 여정도
매마른 언어의 파편들과
따숩던 그 자장가 소리도 잘 자거라

멍하니 벽을 바라
- 코로나 19

밤새 쿨럭이며 뱉어 낸 내 안의 소리와
문만 열면 쳐들어올 것 같은 수많은 적
간간이 들리는 유세 차량 공해까지 더해

연기처럼 흩어지던 사연만큼이나
독하게 살아 낸 시간들이 냄새로 가득한 방
봄꽃 한창일 저린 4월이 통째로 우울이다

불현듯 사라진 황사나 미세 먼지 탓도 아닌
집단 이기거나 개인 일탈이거나 마스크가
할 말을 막아서는 온 지구의 뜨거운 몸살

세 치의 혀로 이념을 저울질하던 벽을 두고
두드리다 잠들던 밤이면 솟아오르던 별들도
가 버린 세월만큼 보이질 않아 두렵기도 하다

많이도 만나고 헤어진 기억 속의 꽃술마다
참으로 다가와 위선으로 보낸 색깔들 세며
바이러스를 두려워하는 나와 그대들 눈빛이

먹장구름 걷어 내고 시원케 떠오르는 달처럼
열린 세상이길 바라며 멍하니 닫힌 벽 열어
정전 필터로 차단된 봄소식 마냥 듣고 싶다

어느 설날

설날 아침 낙숫물 따라 구구대는 비둘기 가족 세배를
받았다 세뱃돈 셈 치고 작년 가을 털고 남은 콩이며
화랑곡나방 진 치고 앉은 쌀 포대 열어 골고루 나눠 주니

옆 교회 꼭대기에서 꽁지깃 흔들며
찬송하던 까치 부부며 흘깃흘깃 엿보고 지나가던
참새까지 끼어들어 신경전이다

처량하게 내리는 겨울비 속으로 고향 집 처마 밑에
비둘기 집이며 감나무 끝자락에 둥지를 틀고 요란스럽게
손님을 맞아 주던 꽁지깃 이쁘던 것들 감실감실 적셔 오
는데

살갑던 사람들 눈길 한 번 없어 푸지게 던져 주는 콩이며
쌀 톨들을 갈마보며 군입질하는 너희들처럼 설날치곤
어쩌면
후룩한 하루이리라 생각할 무렵

찬 가슴 울리는 어느 시인의 통화음 속

세배 주 소식에 한바탕 반가움의 폭설이 쏟아지듯
애먼 눈시울이 자꾸만 붉어지는 것이었다

나도 달도 거꾸로 간다

밤이슬 맞으며 길을 나섰다

갯바위 한편에 마음도 내려놓고
지친 달빛 벗 삼아 속내를 불러내니
심란한 사연들만 물보라로 튕겨 온다

취기만큼 뱅뱅 도는 얼굴이며 이름들
뇌아려 곱씹으며 되새김질하지만
얼룩진 기억은 달무리로 흐리다

고가古家에 남은 스산한 그림자에
아직도 닦지 못한 몇 방울 눈물이 남아
손발 묶여 죄인처럼 되돌아오지만

겹겹이 쌓인 한숨과 풀리지 않아 깊어지는
한의 여울에나
이승의 시 조각들은 꿈틀거릴 게다

기운 달이 뜬다고 한들 또 밤이거니

최소한 고향에 온 날은
나도 달도 썰물 따라 거꾸로 간다

와온의 봄 1

검은 물살 따라 순천만 갈대들 새순 오르는 소리
개펄을 도약하던 짱뚱어도 부산 떨던 칠게도 숨었다

모두가 나름의 거릴 두고 인증 샷을 누르지만
소리 없이 밀려드는 공포 곁에 웃음기를 감췄다

느릿느릿 경계를 지우며 떨어지는 벚꽃들 사이로
지친 햇살이 벌겋게 섬들을 가르며 물들 쯤
풍경을 좇는 눈들이 노을 가에 앉아 가린 입을 연다

태초의 바다와 저리 음산한 문명의 외출이 충돌하는
와온의 봄, 낮달은 더 정겹게 다가와 물질을 하지만
뜨겁게 내밀던 꽃들의 혀마다 시름의 봄이 잠겨 간다

와온의 봄 2

– 낙조

살가운 물살이 지워진 이름들을 부르며
다가서는 해안선 구불구불 육자배기다
몸뚱이 드러낸 갈대들 저희끼리 다독이는 소리
톱니처럼 맞물려 꿈틀대는 생명들의 찬송
큰 눈으로 뭍을 그리는 망둥어 날갯짓이 꿈인 듯
뻘배에 기댄 아낙의 한숨에 바다는 기지개를 켠다
솔섬이 학 나래를 펴고 밀리고 떠밀리는 애환을
받듯, 한낮을 달군 일상의 끝자락 어둠이 숨어들어
뻘밭에 묻은 한들이 낙조로 번득이는 와온 바다
마지막 남은 진홍색 진혼가 흥건히 애잔하다
넉넉한 품으로 받을 줄만 알아서 별 돋는 곳
해풍에 씻긴 순하디순한 햇살이 곱게 몸 닦아
마지막 금빛 환한 웃음 한 다발 풀어놓더라

고향에서 '달'을 데리고 오는 노래들

김준태 시인

가을밤이 깊어 간다. 자정을 넘어서는 시간, 아파트 베란다 창문을 열고 밖을 내다본다. 먼 하늘에서는 안드로메다의 은하수가 흘러가고 있다. 물리학자 아인슈타인과 하이젠베르크에 따르면 은하계도 무수하고, 하늘 또한 무수하게 펼쳐져 있다고 말한다. 우리가 바라보는 하늘 바깥에 또한 수많은 하늘과 '하늘들'이 물결을 이루며 출렁인다고 말한다. 다시 가을밤이 깊어 간다. 두 귀를 좀 더 크게 열자 문명 생활과 코로나19에 시달린 이웃들의 숨결 소리가 어둠 속에서 새근새근 들려온다. 그래, 봄 여름 가을… 올해는 참으로 가혹했다. 코로나19 광풍→대홍수와 물폭탄→폭염→태풍 바비와 마이삭, 하이선의 한반도 관통→그리고 계속되는 코로나의 그칠 새 없는 침략 전쟁! 가을이 깊어 간다. 그리고 이 묵상의 계절에 찾아온 박현우 선생의 새 시집 원고가 눈앞에 놓여진다.

30년 만에 펴내는 두 번째 시집이라고 한다. 1957년생 박현우 선생. 대학을 졸업하고, 같은 학교 국문과를 나온 신부와 광주에서 교사 생활을 시작하여 오늘에 이르고, 두 아들을 낳아 대학까지 가르쳐 취직시키고, 지금도 여전히 98세의 노모를 모시며 알뜰살뜰 가정을 꾸려 나가는… 이제 환갑을 세 해 넘은 박현우 선생! 내게 새 시집 원고를 내미는 손은 왠지 머뭇거린다. 얼굴은 새장가를 드는 신랑처럼 가만가만 상기되어 있고 어딘지 모르게 수줍어하는 듯한 모습이다. 역시 그가 이 세상에 태어나 몸속에 피우고 있는 꽃들이 여전히 시들지 않는 것임은 분명해 보인다. 듣다 보니 그의 목소리도 그의 고향 바닷가와 산봉우리에서 단련한 중모리 중중모리 휘모리장단기가 있다. 물론 술 한잔 걸치면 진양조도 한 곡조 때려 올릴 만큼 아직도 소리가 아련히…길게 뻗어 나가는 느낌을 준다.

뼈 부스러기를 들고
저만치 선산이 내려다보는
원포리 선착장에 다녀온 후
이른 아침 부은 눈으로

더 초라해진 나를 봅니다

고개를 들어

새벽별 가까이서 피어날

연보라 꽃망울이 떠오릅니다

매지구름 자욱한 선창가에 서니

내가 뿌린 재 몇 줌

서럽게 되살아오는 물결

피멍 든 꽃이 고갤 듭니다

지금쯤 먼바다로 떠났을

희미한 두 얼굴도 피어납니다

- 「원포리 메꽃」 전문

  박현우의 시는 고향에서 출발한다. 그에게 살과 **뼈**를 가져다준 고향을 밭으로 깔면서 그는 봄에는 노래의 씨앗을 심고 가을에 그 열매들을 거둔다. 때문에 그의 시에는 자연스럽게 피붙이들의 체온과 눈물과 사랑과 달빛 같은 것들이 묻어서 반짝인다. 혈족의 유골함을 들고 고향 원포리 선착장에 내려 선산으로 향하는 그의 모습은 사람이라면 누구나 경험하는 체험이다. "내가 뿌린 재 몇 줌/서럽게 되살아오는 물결/피멍 든 꽃이 고갤 듭니다"(「원포리 메꽃」)에서 읽을 수 있듯이 그의 시는 기쁨보다는 슬픔 그 비극적 체험이 그의 시의 스펙트럼을 형성하고 있는 것으로 보인다. 그런 가운데 그의 시는 몸을 만들어 준 어머니에게

모아지기도 한다.

가을을 타는지 입맛이 없어
늦은 점심으로 팥죽집 갔다
각색의 가을 잎들이
각양의 미각을 오물거릴 때

기억 저편에서 찾아든 아궁이엔
거친 손으로 비벼 낸 새알들이
걸쭉한 팥물에 가슴 적시며
허기진 입술들을 애태우고 있었다

노모께 팥죽을 떠먹이는
백발의 아들을
시샘이나 하는 듯 노란 은행잎이
창밖에 뒹굴고

곁눈질로 마주한 노인의
검붉은 손등을
외면으로 거두는
내 가을은 눈물 빛이다

모두들 단풍보다 진한

그리움의 맛을 새기고 있었지만

뜨거운 편린들 목 넘김 할 수 없어

들었던 숟가락을 놓고 말았다

– 「내 가을은 눈물 빛이다」 전문

모정母情! 어머니의 몸을 열고 나온 아들 박현우 선생은
앞서 말했듯이 100세를 앞둔 어머니를 모시고 산다. 부인
인 이효복 선생의 지극정성 '효심'과 그의 '아들로서의 사
랑'은 그래서 더없이 아름답다. 먼 고향의 바닷가에 철썩거
리는 고운 파도 소리처럼 그의 시는 한결같이 잔잔한 목소
리를 유지한다. 어머님을 모시고 팥죽집으로 향하는 그의
뒷모습이 고만고만한 작은 풍경으로 비춰지기도 하지만
다시 한 걸음 물러서서 바라보면 가을날… 붉은 단풍으로
물들어 가는 느티나무처럼 든든하다. 늙으신 어머니를 마
주하고 팥죽 그릇을 비우는 그의 마음이 참으로 곱다. "가
을은 눈물 빛이다"라는 추일서정으로 빚어져 나오지만 그
러나 시를 읽는 마음도 따뜻해진다.

고향 집 토방에는 몇 날 며칠이고 흰색과 검정 고무신

두 켤레가 나란히 놓여 있었네

혼자인 노모 곁에서 집 보는 일이 일상이 되어

비 오면 비에 눈 오면 눈 보듬고

한 치의 흐트러짐 없이 내 기억을 지키고 있었지
명절이었을 거야 도회지 고달픔 한 짐 지고 찾아드니

흰 고무신 뵐질 않아 묻기도 그렇고 선반 위 보았더니
비닐봉지 속에 담겨 다 삭아 꼬부라져 있더라고

아이고 엄니, 무슨 신줏단지라고
저걸

네가 대학 다닐 적에 신은 것이라
너 떠나고 하도 적적해서 생각코 댓돌 위에 놔뒀더니

저것도 시상 가는 줄 알고 저리 팍 삭아 부렀어야 그래
도
꺼만 놈은 괜찮은께 신어라

빈집 지키다 몇 번 오는 날 위해 그냥 품어 주다 마냥
기다려 준 고무신 보다 말고 괜시리 먼 산만 바라보았다

멀수록 더 가까이서 눈시울 붉히는
차갑게 울렁거리는 멀어진 사랑

　　　　　　　　　　　　　　　－「검정 고무신」 전문

어머니에게서 받아 낸 '검정 고무신' 또한 깊고 아늑한 모정을 주는 시다. 서럽도록 따뜻한 풍경이 바로 이 시 속에 담겨져 있다. 그가 태어난 진도 고향 집 토방에 나란히 놓여 있는 흰색 고무신과 검정 고무신… 아들이 신었던 그 두 켤레의 고무신을 신줏단지처럼 모셔 두고(?) 사시는 고향의 어머니! "네가 대학 다닐 적에 신은 것이라/너 (광주로) 떠나고 하도 적적해서 생각코 댓돌 위에"(「검정 고무신」) 놔두고 사신다는 어머니의 말씀에 아들 박현우는 그만 얼굴이 젖는다. 그 젖는 얼굴로 아들 박현우는 벌써 먼 옛날에 떠나신 아버지가 둥근 유택 안에서 잠들어 계시는 먼 산을 바라본다. 아마 그 마음이 고향에 어머니를 혼자서 두지 않고 광주로 모셔 와 함께 사는 아들 내외간의 효심이리라.

익숙한 가락은 몸이 먼저 움직이지

마음에 새긴 상처랄지

가슴 울리는 것들

강은 흘러도 소리를 듣지 못하고

산은 흔들려도 움직임을 모르듯

낯익은 그대 사랑이 발버둥이요

낯선 그대 발버둥 침이 사랑인 세상

울리던 함성이 장단이 되어

은행잎도 넘실남실 춤추지 않았더냐

쫓기던 골목마다 되살아오던

몸짓도 언어도 기막힌 노래가 되어

피멍 든 가슴으로 일어서던 금남로

떼창으로 버티던 귀에 익은 노래

─「귀에 익은 노래」 전문

이번 시집에서 박현우 선생 또한 '광주항쟁'을 보여 주는 시 '귀에 익은 노래'를 넣는 것을 주저하지 않는다. 그는 역시 오월광주를 '사랑'과 신명으로 노래하고 있다. "강은 흘러도 소리를 듣지 못하고/산은 흔들려도 움직임을 모르듯/낯익은 그대 사랑이 발버둥이요/낯선 그대 발버둥 침이 사랑인 세상/울리던 함성이 장단이 되어/은행잎도 넘실남실 춤추"던 그날의 광주를 떠올리면서… "떼창으로 버티던 귀에 익은 노래"로 함축한다.

광주에서 시작한 교사 생활을 시작으로 평생을 '가르치는 직업'으로 학생들과 함께하면서 오늘날까지 광주에서 살고 있는 박현우 선생 내외. 같은 대학을 졸업한 이들 부부는 1980년 '오월광주'를 만난다. 정권 탈취에 눈이 어두워 무력으로 쿠데타를 일으킨 일부 군부세력(신군부)이 수도 서울을 지키는 군대까지 빼내어 마치 야만의 적군처럼 '광주'를 공격해 들어오던 그해 5월, 박현우 선생 또한 그의 부인과 함께 '광주학살'을 목격한다. 이와 동시에 거대한 파도처럼 솟구치는 생명공동체, 절대공동체로 거듭나는 분노하는 광주를 목격한다. 그리고 함께한다. 사실 그때 생명과 평화와 민주주의를 지키기 위하여 거리로 뛰어나오지 않는 시민은 거의 없었을 것이다. 당시 80만 광주시민은 완전히 하나의 '운명공동체'로서 이 나라의 역사발전에 온몸을 던졌다. 그것이 5·18광주항쟁(국가에서 부여한 정식 명칭은 '5·18광주민주화운동')이다.

이제부터 나는 박현우와 고향, 박현우와 진도, 박현우와 고향과 시, 그리고 앞으로 그가 걸어갈 '시의 행로行路'를 이 시집의 시편들을 보면서 전망하려 한다. "위대한 시인의 시는 고향의 창문을 열고 날아간다!" "시(문학의 총칭)는 고향의 재발견이다!" '고향'의 의미… 아득한 먼 옛날부터 그래서 시인들은 '고향'을 자기가 태어난 곳, 자연, 본바탕, 본정신, 제정신, 본질, 근원, 원형, 어머니, 처음 출발한 곳이지만 돌아간다면 다시 출발하는 곳의 의미로 받아들여 그네들의 창작물 속에 녹여 내고 있다. 더욱이 동서고금을 막론하고 위대한 시인일수록 고향을 더 깊숙이 넓게 아름답게 노래하고… 위대한 소설가일수록 고향을 더 풍부한 '대로망'으로 이야기하려 한다. 그러함을 생각하면서 박현우의 고향을 들여다보면 이러하다.

박현우의 고향은 한반도 서남쪽에 자리한 섬으로 제주
도, 거제도 다음으로 큰 섬이다. 주민들은 농업과 어업을
주업으로 하고 있는데 근년에 들어와서는 양식업이 발달
하여 어업을 주업으로 하는 사람들이 많아졌다. 역사적
으로 진도는 '삼별초항쟁'(1270~1273)으로 그 뿌리가 깊
다. 13세기 고려가 몽골에 대항하여 최후까지 싸운 곳이
바로 진도와 제주도이다. 때는 바야흐로 고려 원종 11년
(1270) 강화도에 거점을 둔 고려의 정예군사조직인 '삼별
초'(무신정권을 만든 최충헌의 아들 최우가 조직한 '야별
초'의 후신)가 몽골에 복속하여 개경(개성)으로 환도한 원
종의 고려정부에 반기를 들고 봉기하면서 대몽항쟁에 불
이 붙는다. 장군 배중손, 지유 노영희를 중심으로 고려의
개경정부에 봉기한 삼별초는 강화도에서 전라도 진도로
옮겨 대몽항쟁을 벌인다. 오늘날 역사비평적인 표현으로
원종의 정부는 몽골식민지의 앞잡이(허수아비)이고 이에
반해 삼별초가 조직한 정부가 고려의 정통정부라고 선언
한다.

삼별초 군대가 강화도에서 진도로 옮긴 큰 이유는 육상
전투에 강한 몽골군도 해상전투에서는 약하다는 것을 알
고 있었기 때문이었다. 이와 함께 진도가 군량미의 근본
이 되는 농수산물이 풍부하다는 점과 무엇보다도 당시 민
중들의 항몽정신이 뒷받침하고 있었기 때문이다. 삼별초

는 전라도 연해지역을 시작으로 제주도, 경상도 지역에 세력을 펼치면서 고려군과 몽골군의 연합군대에 맞서 처절한 전쟁을 벌여 나갔다. 수차례의 승리도 했으나 삼별초는 원종 12년(1271) 5월 김방경, 홍다구, 혼도(몽고군 장수)가 이끄는 '여몽연합군'에 패전하였다. 어디서 들었는지 749년이 흐른 오늘날도 진도 사람들은 몽골 군대의 잔학상을 들려주곤 한다. 그들이 전하는 말은 "몽골 군대가 휩쓸고 가 버린 진도 섬에는 "사람이 살았다는 흔적도 없었다"는 얘기가 바로 그것이다. 다만 삼별초가 쌓아 올린 '용장성'만이 그때를 기억하는 듯 지나간 시간 속에 잠들어 있을 뿐이다. 그러나 오늘을 사는 진도 사람들의 노래 속에는 삭고 삭아서 또 삭은 역사가 살아서 '흙살'을 이루는 역사가 숨 쉬고 있는 것 같다.

대몽항쟁에 이어 박현우의 고향은 조선시대 와서는 또한 '유배지'로 정착되기도 했다. 조선시대 왕궁을 드나들던 사람들 중에서 유배(귀양)를 당한 사람이 모두 700여 명이었는데 그중 전라도에 178명, 진도에 58명이었다는 기록이 있다. 당시로서 진도가 서울(한양)에서 가장 먼 곳 섬이었기 때문에 유배지로서 적격(?)이었던 것이다. 역사와의 전쟁 그리고 거친 바다와의 생존경쟁에서 이겨 내기 위해… 그동안 '진도 사람들'이 벌여 온 수난의 세월은 필설로는 다 표현할 수 없으리라. 그러함에도 그것을 이겨 내는 힘이 진도에는… 진도 사람들의 가슴속에는 파도처럼 출렁이는, 물결치는 '민예民藝의 정신' 혹은 노래의 힘이 있어 왔다. 그것이 진도의 피와 살인 민예 정신이다. 진도 소리, 진도 민요, 진도 아리랑, 진도 북춤, 진도 씻김굿, 진도 다시라기, 진도서예와 남종화南宗畵가 대표적이다. 또 사실 진도의 섬사람들(민중)이 내뿜는 노래와 춤은… 죽은 자보다는 산 자들을 위한 해원解寃과 신명, 익살과 해학의 정신으로 삶의 에너지를 창출케 한다. 그런 점에서 한반도의 서남쪽 진도는 그 이름처럼 넉넉하고 풍성하게 '옥주골'[沃州], '보배의 섬'[珍島]으로 불린다.

바로 이와 같은 역사의 밭, 민예의 밭에서 태어난 박현우 선생. 불과 40년 전만 하더라도 광주에서 진도까지는 버스로 5시간 내지는 7시간이 걸렸다. 진도와 해남 사이에 연륙교(진도대교)가 없었던 시절에는 진도에서 해남까지, 혹은 목포까지 배를 타고 와 뭍(육지)을 오를 수 있었던 것이다. 박현우 선생의 경우 광주로 유학(?)을 갈 때 그의 모습이 사라질 때까지 멀리멀리 뒤따라오며 손을 흔들어 주던 산마루턱의 어머니와 아버지의 모습, 그리고 어린 시절을 같이했던 피붙이들과 고향의 산천과 바다! 길게 누운 수평선을 바라보면서 떠나간 배들을 기다리던 마을사람들! 고기잡이 뱃사람들이 돌아오지 못하면 바닷속에 옥양목을 풀어 넣으면서 씻김굿을 벌였던 고향 마을의 사람들… 어찌 그 모습을 어린 박현우인들 잊을 수 있었으랴.
바로 여기에서 박현우의 시(노래)가 잉태되고 태어나기 시
작한 것이다.

　박현우 선생의 시(노래)는 대체적으로 물 흐르듯이 쓰
인 것 같아 좋다. 고른 목소리와 고른 장단을 들려주고 있
음이 우선 그것이겠다. 「사랑의 넓이」「누수」「달이 따라오
더니 내 등을 두드리곤 했다」「장성호 수변길」「친구」「늦
매미」「귀에 익은 노래」「초승달」은 그가 살아온 세월을 잘
빗질한 듯이 어디 한군데 헝클어짐이 없다. 그의 고향 바
다에 철썩철썩 밀려오는 파도 소리처럼 하늘의 달빛도 받
아 아늑함을 준다. 고향 집 마굿간에서 여물을 반추(되새
김질)하는 조선소의 모습까지를 언뜻언뜻 비춰 준다. 그
의 품성과 시적 품격도 보여 주는 「사랑의 넓이」는 그의
시의 특장이기도 하는 액체성의 이미지 ; 강물의 흐름으
로 이어지고 있어서 시적 넓이와 안정감을 준다. "한 방울
의 눈물"이 "큰 사랑"으로 강을 이루는 데서 '사랑의 넓이'
를 껴안을 수 있게 된다는 노래! 박현우 선생의 시정신을
엿보여 주는 아름다운 시다. 애초에 한 방울 눈물이었던
강, 마침내는 저리 넓게 흐르고 있다고 그는 시의 손짓을
한다.

　애초에 강은 한 방울 눈물이었으리

소리 없이 흘린 기다림 끝에서

젖 물려 키운 것들 무성히 꽃 피울 적

더 큰 슬픔도 오는 것이라서

저리 넓게 흐르는 것인가

강 너울이 주던 공허, 안개로 피워

감춘다고 어디 큰 사랑 잊히더냐만

한 걸음 뒤에서 바라보라

모진 시류 따라 흔들리는 마음까지

저 강바닥 깊이 묻어 두고

철썩철썩 한 삭히는 어미의 몸부림과

샛강에 고인 쓰디쓴 아픔까지 품은

저 무욕의 폭을 누가 헤아릴 수 있느냐

—「사랑의 넓이」 전문

쌓인 근심은 벽을 뚫어 악기가 된다

참으로 불편한 타악打樂이다

내 안에 삼월의 시냇물 울리는

옹달샘이 흐르나 보다

가슴을 적시지 못한 가락은 고통이다

세상 밖을 서성이는 낯선 습성이다

—「누수」 전문

시 「누수」에서 박현우는 자신의 근심을… 몸을 타악기로

비유한다. 그것도 내 안에 3월 시냇물을 울리는 '타악기'로 노래한다. 그러더니 어쩌면 기막힌 화두話頭이기도 하는, 이 시집에서 절창이기도 하는 「달이 따라오더니 내 등을 두드리곤 했다」를 청동악기가 아니라 '향나무 목관악기'에 넣어 잘박잘박 두드린다. 박현우 선생은 '울돌목'에 그의 고향 진도와 한반도의 땅끝 해남을 잇는 연륙교, 그 다리가 없던 시절에 작은 포구 벽파항에서 배를 타고 뭍에 오르던 날을 떠올린다. 어머니가 마련해 준 새 운동화의 끈을 조여 신고 아득히 멀어지는 고향을 뒤돌아본다. 고등학교에서 대학 다닐 때까지 진도와 광주를 오고 가면서 '고향을 뒤돌아본 것'을 그는 잊지 않았으리라. 그의 몸과 정신의 근원, 본바탕, 원형의 세계가 바로 고향이 아니었던가.

철선에 기대어
물보라 이는 진도 벽파항
등지던 날
새 운동화 끈을 조일 때
아득히 멀어졌다 고향은

해일처럼 밀려오던
눈물조각들을 훔치며
바닷새 울음을 흉내 냈다

가슴 속 노래도
요동을 쳤다

선술집 창가에서
멀리 바라본 하늘가
둥근달이 따라오더니
내 등을 두드리곤 했다
                    – 「달이 따라오더니 내 등을 두드리곤 했다」 전문

　해일처럼 밀려오던 눈물조각들, 바닷새 울음, 가슴속에
서 요동치는 노래…이 시의 화자인 박현우 선생은 고향 섬
진도를 떠나와 이윽고 '뭍(육지)'에 내린 자신을 발견한다.
육지의 바닷가 허름한 선술집 창가에서 멀어져 간 고향 그
하늘을 바라다본다. 날이 저물고 저 멀리 고향 하늘가에서
달이 떠오르고 있음을 시의 화자는 이내 발견한다. 그때
고향 쪽에서 둥근 "달이 떠오르더니/내 등을 두드리곤 했
다"고 노래한다. 한 폭의 그림을 하늘로 넓게 펼치는 음악
을 이 시의 화자는 듣는다. 달 혹은 둥근달! 아마도 그 달
은 그의 어머니 아니면 아버지, 아니면 그가 항상 가슴에
담고 다니는 고향에서의 사람들과 그리운 시간들일지도
모른다. 그리고 그 시간들이 만들어 낸 이 시가 찾아가고
있는 내일의 모습일지도 모른다. 박현우를 따라온⋯ 이제
부터는 박현우가 그 달을 데리고 산 넘고 강을 건너는 날

들이 온 것이다. 박현우 선생은 이제부터 '달을 데리고 다니면서 달의 등을 두드려 주는 시'를 노래하면서, 우리 사람들에게 그 아름다운 모습을 더 많이 보여 주어야 할 것으로 생각된다.

박현우 선생의 건필과 건승, 평화를 빈다.

달이 따라오더니 내 등을 두드리곤 했다

초판1쇄 찍은 날 | 2020년 10월 28일
초판1쇄 펴낸 날 | 2020년 11월 2일

지은이 | 박현우
펴낸이 | 송광룡
펴낸곳 | 문학들
등록 | 2005년 8월 24일 제2005 1-2호
주소 | 61489 광주광역시 동구 천변우로 487(학동) 2층
전화 | 062-651-6968
팩스 | 062-651-9690
전자우편 | munhakdle@hanmail.net
블로그 | blog.naver.com/munhakdlesimmian

ⓒ 박현우 2020
ISBN 979-11-86530-97-9 03810